# Besondere Alltäglichkeiten

Dagmar Schenda

# Besondere Alltäglichkeiten

Ganz kurze Geschichten

Bibliografische Information der Deutschen
Nationalbibliothek
Die Deutsche Nationalbibliothek verzeichnet diese Publikation in der Deutschen Nationalbibliografie;
detaillierte bibliografische Daten sind im Internet über
http://dnb.d-nb.de abrufbar.

© 2008 Dagmar Schenda
Herstellung und Verlag:
Books on Demand GmbH, Norderstedt
Umschlagfotos/Zeichnungen: © DaKi
Satz und Layout: DGS
ISBN: 978-3-8370-7266-2

## Inhaltsverzeichnis

Freundschaft 7

Zu spät 12

Wackelkontakt 17

Engelbrecht einsam 24

Doch nicht allein 27

Der Prinz mit den goldenen Haaren 31

So ein Unsinn 37

Die entgangene Gelegenheit 40

Abschleppdienst 42

Oh, Lily! 47

Versehrte Schönheit 49

Welch ein Dilemma 53

Fernsprecher 61

# Freundschaft

Mit einem Seufzer, der irgendwo zwischen Zufriedenheit und Kummer angesiedelt war, setzte Britta sich auf. Sie zog ihre Knie an, schlang die Arme darum und blickte verträumt aufs Meer. Tief sog sie die salzige Luft ein und genoss die Geräusche: das Kreischen der Möwen und das Heranrollen der Wellen, die heute kleine Schaumkronen trugen. Ihre Gedanken kreisten um die letzten Wochen und sie hatte sich diese Auszeit erbeten, um Klarheit in ihr Leben zu bringen. Noch nie war sie alleine verreist, doch Holger hatte sie zu sehr verletzt. Eine einzige Nacht mit einer Zufallsbekanntschaft und sie hatte durch die ‚wohlmeinende' Information einer Bekannten davon erfahren. Gab es eine Zukunft für Holger und sie? Brittas Überlegungen drehten sich im Kreis und ganz plötzlich wurde ihr bewusst, dass sie schon längere Zeit eine sich hüpfend fortbewegende Gestalt anstarrte, ohne sie wirklich wahrgenommen zu haben. Doch jetzt wurden ihre Sinne hellwach, denn es handelte sich um ein Kind von höchstens fünf oder sechs Jahren. Was machte ein Kind in diesem Alter, mit einem Rucksack bepackt, allein am Strand? Es trug eine in munteren Farben leuchtende Shorts samt eines farblich abgestimmten T-Shirts; der übergroße ausgefranste Strohhut, unter dem das Gesicht des Kindes verborgen war, passte so gar nicht zu dieser ordentlichen Kleidung. Mittlerweile war die kleine Person auf gleicher Höhe mit ihr, blieb stehen, legte den Kopf ein wenig schräg und sah sie an. Der große Hut verrutschte und wurde mit einer energischen Bewegung zurechtgerückt. Britta winkte und das Kind kam vertrauensselig auf sie zu. Eine kleine Hand streckte sich ihr entgegen und fröhliche helle Augen blickten sie an.

„Hallo, ich bin Max!"

„Guten Tag, Max. Ich bin Britta."

Max nahm ohne weitere Aufforderung den mit Dinosauriermotiven bedruckten Rucksack ab und ließ sich neben Britta nieder. Hier unter dem Sonnenschirm befand er den Strohhut wohl als überflüssig; er nahm ihn ab und schleuderte ihn mit einer lässigen Bewegung in den Sand.

„Ein toller Hut", bemerkte Britta.

„Ja, den habe ich von dem Fischer aus der Bucht da hinten", ein Finger schnellte vor, um die Richtung anzudeuten, „da war noch alles gut." Das hübsche Gesicht wirkte jetzt sehr betrübt und er senkte den Kopf. Britta fuhr ihm tröstend durch das dichte blonde Haar. „Wir haben an dem Tag nämlich einen Ausflug gemacht", erzählte Max aufgeregt weiter, „mein Papa, meine Mama und die Anna – das ist unser Baby."

„Wo sind denn jetzt alle?", forschte Britta.

Er kaute mit seinen winzigen Zähnen, von denen einer fehlte, auf seiner Unterlippe und zeigte unvermittelt auf seinen Rucksack: „Ich bin ausgezogen!" Um der Sache Nachdruck zu verleihen, nickte er heftig. Doch es kam noch schlimmer, denn er hatte seinen Finger gesehen, auf dem ein sauberes Pflaster klebte. „Siehst du", er hielt Britta den Finger vors Gesicht, „da habe ich an den pieksenden Strauch vor der Tür gefasst, gleich heute Morgen. Ja, und dann bin ich auch noch auf die Steinstufen gefallen – da!" Er präsentierte sein Knie, auf dem ebenfalls ein Pflaster klebte. Seine Stimme war immer aufgeregter geworden und sein ernster Gesichtsausdruck ging Britta zu Herzen. „Du hast ja schlimme Dinge erlebt!" Mittlerweile war sie davon überzeugt, dass er wohl in einem der Ferienbungalows in der Nähe wohnte. „Aber warum bist du ausgezogen?" Es brach aus ihm heraus: „All die Verletzungen und die Anna hat nur geschrien, dann musste ich mich ausruhen und die Anna durfte den Mittagschlaf bei meiner Mama im Bett machen und mein Papa ist zum Tennis und da bin ich gegangen, aber ich wusste nicht, dass es so heiß ist und jetzt habe ich Durst." Von dem Redeschwall war er sichtlich erschöpft und Britta war voller Zuneigung zu dem kleinen Kerl. Wenn sie erst einmal Richtung Ferienanlage unterwegs waren, würde er ihr sicher verraten, wo er wohnte.

„Weißt du, Max, ich finde es auch heiß. Wir nehmen meinen Sonnenschirm und gehen dort zu den Häusern am Hang." Max sah sie begeistert an. „Da wohne ich während meines Urlaubs und wir können bei mir etwas trinken." Für diesen Vorschlag wurde sie mit einem strahlenden Kinderlächeln belohnt und Max hatte sich endgültig in ihr Herz geschlichen. Sie klappte den Sonnenschirm zusammen und griff nach ihrem Strandlaken.

„Meinen Rucksack trage ich selbst." Schon sprang Max auf. Britta bückte sich schnell und hob den Rucksack an. Er war leicht, konnte also nicht viel enthalten, was sicher mit dem überstürzten Auszug zusammenhing. Mit gutem Gewissen half sie Max,

sein Gepäck auf den Rücken zu nehmen. Dann klemmte sie ihren Schattenspender unter den Arm und auf der anderen Seite schob sich eine kleine Hand in die ihre. Max begann, ihre ineinander verflochtenen Hände vor und zurück zu schlenkern und als ihre Arme immer höher flogen, quittierte er es mit einem hellen Lachen. Sie waren schon fast an dem Hang angelangt, als ein Mann sehr zügig auf sie zukam.
„Max!"
Einen ganz kurzen Moment stutzte Max und sah fragend zu Britta hoch. Britta lächelte ihm ermunternd zu und schon löste sich seine Hand aus der ihren und er rannte los. Der Mann, der offensichtlich Max' Vater war, blieb stehen, ging in die Hocke und breitete seine Arme aus. Britta verlangsamte ihren Schritt um Vater und Sohn Zeit für die innige Umarmung zu lassen. Aber Max wandte sich bereits ungeduldig zu ihr um.
„Papa", sprudelte er los, „ich habe Britta getroffen!"
Als die Erwachsenen sich mit einem erleichterten Blick die Hände schüttelten, sah Britta den fragenden Ausdruck in Max' Augen.
„Dort in dem weiß-grün gestrichenen Haus wohne ich noch die nächsten zwei Wochen", erteilte sie gerne Auskunft.
„Dann komme ich dich besuchen", antwortete Max ohne Umschweife.
„Darauf freue ich mich schon!" Britta zwinkerte ihm zu.

Max ging mit seinem Vater nach links den Hang hinauf während Britta sich nach rechts wandte. Max winkte, solange er sie sah. Fast oben angelangt blieb sie stehen und blickte aufs Meer. Britta seufzte zum zweiten Mal an diesem Tag und lächelte in sich hinein. Ihre Probleme waren keineswegs gelöst, doch heute hatte sie einen kleinen Freund gewonnen.

# Zu spät

Es kam mit der Morgenpost: ein ganz normal aussehendes Paket in braunem Packpapier und verschnürt mit derber Doppelschnur. Es unterschied sich in nichts von den Tausenden anderer Pakete, wie sie die Postboten tagtäglich austragen. Mit diesem aber hatte es eine besondere Bewandtnis – eine ganz besondere ...

Roland fuhr sich mit der linken Hand durch das strubbelige Haar, während er das Paket auf der rechten balancierte und vergeblich versuchte, den Absender zu entziffern. Dabei trottete er, noch recht verschlafen, in Richtung seines unterbrochenen Frühstücks. Doch er kam nicht weit, denn plötzlich ging ein Ruck durch das Paket und es krachte zu Boden. Roland erstarrte, denn es ertönte ein kleiner Schreckenslaut – aus dem Innern des Paketes! „Bist wohl noch nicht richtig wach, Junge", redete er mit sich selbst und schüttelte seinen Kopf in der Art, wie man ihn schüttelt, um ihn klar zu kriegen. An das sonst für ihn so wichtige Frühstück verschwendete er keinen Gedanken mehr. Nach einem zögerlichen Augenblick hob er das Paket ganz vorsichtig hoch und marschierte, es mit beiden Händen tragend, zu seinem Schreibtisch. Mit Hilfe einer Schere rückte er den Schnüren zu Leibe; die Schere glitt ab und verursachte einen hässlichen Ratscher auf seinem Handrücken. Zu allem Überfluss lachte auch noch jemand schadenfroh.

‚Was ist dir lieber', dachte der gepeinigte Roland, ‚wenn sie einen Tinnitus feststellen oder Halluzinationen diagnostizieren?'

Gleichermaßen verwirrt und neugierig schaffte er es endlich, die Verpackung zu entfernen und förderte ein stabiles Holzkästchen mit Deckel zu Tage. An allen vier Seiten wurde der Deckel mit wuchtigen Schrauben gehalten. Roland kramte in der Schreibtischschublade nach einem entsprechenden Werkzeug; dabei ließ er das Kästchen nicht aus den Augen. Als seine Finger endlich das Gesuchte ertasteten, drückte er das – seiner Meinung nach unruhige – Kästchen fest mit einer Hand auf die Schreibtischplatte und machte sich ans Werk. Mühselig, fast schienen sich die Schrauben zu wehren, gelang es ihm, eine nach der anderen herauszudrehen. Er hob den Deckel ab. Kaum war das geschehen, landete mit einem Satz, so als würde es mit großer Wucht herausgeschleudert, ein seltsames Wesen auf seinem Arm. Ungläubig starrte Roland dieses *Etwas* an. Es ähnelte einem jener Teufelchen aus Fruchtgummi – nur ohne Hörner – und schillerte in den unterschiedlichsten Farben, genau genommen war die Farbe undefinierbar. Es grinste, kicherte und streckte sich wohlig.

„Wer, ... wer bist du?", stammelte Roland und schluckte. Er, der an nichts Übersinnliches glaubte, Hypnose als Scharlatanerie abtat, Fantasyromane als albernen Kinderkram einstufte, trug diesen seltsamen Wicht auf seinem Arm.

„Was du willst, immer schon wolltest oder auch nicht", gab dieses kleine Ungeheuer mit klarer Stimme diese, wie es schien, unsinnige Antwort und wand sich dabei vor Lachen. Roland befiel mehr als ein ungutes Gefühl, er verspürte Panik und versuchte, dieses *Ding* abzuschütteln – was dieses veranlasste, sich auf seine Schulter zu katapultieren.

In diesem Moment lenkten ihn schlurfende Schritte im Hausflur ab und ihm wurde bewusst, dass er dem alten Herrn Wieland die Zeitung noch nicht nach oben gelegt hatte. Roland hastete zur Tür, schnell wollte er ihm sagen, dass er für ihn nach unten gehen würde. Seine Hand lag bereits auf der Türklinke, da entschied er sich anders. Er verhielt sich ganz ruhig und wartete, bis er den keuchenden Atem des alten Mannes hörte, der die Treppe wieder heraufkam. Während er durch den Türspion linste und dachte, dass er mit dem alten Tattergreis doch nichts zu tun habe, tauchte das freundliche Gesicht des Paketboten von UPS vor seinem Auge auf. Konnten denn nicht alle Zustelldienste zur gleichen Zeit kommen? Mit grimmigem Blick riss er die Tür auf und der Mann prallte einen Schritt zurück. Verunsichert hielt er Roland ein Paket entgegen: „Ihr Nachbar ist wieder mal nicht da, aber ich weiß ja, dass Sie so freundlich sind ..."

„Nein!", fauchte Roland den verdutzten Boten an, „heute nicht, morgen nicht und überhaupt nicht mehr – lassen Sie mich in Ruhe!" Seine Stimme klang drohend und als er die Tür zu donnerte, erschien ein bestürzter Ausdruck auf dem Gesicht des Boten und er machte wortlos kehrt.

Roland wollte nun endlich zu seinem Frühstück zurück. Er tappte, sein noch unrasiertes Kinn kratzend, durch die Diele. Hämisches Lachen ließ ihn abrupt stehen bleiben und erinnerte ihn an seinen ungebetenen Gast. Dieser seltsame Wicht hockte ja noch auf seiner Schulter, das heißt, momentan hüpfte er auf und ab, wobei er sich mit einer Minihand an Rolands Ohrläppchen festkrallte, um nicht herunterzufallen. Grübelnd nahm Roland seinen Weg durch den Flur wieder auf; ihm war schleierhaft, wieso der Paketbote den Wicht nicht gesehen hatte. Oder hatte er? Roland ging an der offenen Badezimmertür vorbei. Er verharrte wie angewurzelt - aus dem Spiegel vis-à-vis blickte ihm ein boshaft grinsender Mann entgegen, der ihm verteufelt ähnlich sah.

Roland griff unvermutet schnell und fest zu: „Moment mal, jetzt wird mir alles klar:

‚Was du willst, immer schon wolltest oder auch nicht!'." Er hielt das zappelnde Wesen nah vor sein Gesicht: „Ich will *nicht* so sein wie du! Du kleines, abscheuliches Ding."

Dieses bat mit schriller und panischer Stimme: „Lass mich bei dir bleiben! Immer schicken mich alle weg. Oh, bitte!"

Zu seinem eigenen Erstaunen verspürte Roland Mitleid, doch er hielt den Wicht, der ihn mit einer hässlich verzerrten Fratze anstarrte, eisern fest. Schnell rannte er zum Schreibtisch und dort musste er seine ganze Geschicklichkeit aufbieten, um den sich stark wehrenden Unhold in das Kästchen zu drücken und den Deckel darüber zu legen. Schweißgebadet suchte Roland nach weiteren Schrauben, die er zusätzlich anbrachte. Endlich schien der Deckel gesichert genug und er legte das Kästchen in den Pappkarton, umwickelte diesen mit extra starkem Packpapier und hinterließ feuchte Fingerabdrücke darauf. Er verschnürte und verknotete alles doppelt. Während der ganzen Zeit versuchte Roland das Wimmern und Klagen, das aus dem Paket drang, zu überhören. Er beschriftete einen Aufkleber mit einem Phantasienamen in einer weit entfernten Stadt – postlagernd.

Nachdem Roland das Paket im Laufschritt zur Post gebracht hatte, bummelte er entspannt zurück und machte einen Umweg durch den Park. Dort nahm er einem kleinen Jungen den Tretroller weg, fuhr ein Stück damit und warf ihn dann auf die Rasenfläche. Das Kind plärrte, doch als Roland sich mit einem bösen Grinsen zu ihm umsah, verstummte es jäh.

# Wackelkontakt

Als ich der Badeschlappen samt staubiger Füße ansichtig wurde, war mir sofort klar, dass sie zu unserem Chauffeur gehörten. Entgegen unserer sonstigen Gewohnheit, alles auf eigene Faust zu bewältigen, hatten wir bei einem Sportreisen-Veranstalter gebucht und der Transfer war inbegriffen. Unser Abholer warf einen ungläubigen Blick auf den überfrachteten Kofferkuli und ich verkniff mir den Scherz mit dem Schrankkoffer, der noch am Sperrgepäckschalter abzuholen wäre. Nachdem mit viel Geschick die Reisetasche eines weiteren Urlaubers verstaut war, wies man uns die Rückbank des Kleinbusses zu und ich beglückwünschte mich zur Wahl meiner pflegeleichten Baumwollhose. Kaum saßen wir, preschte der von der Mittagshitze in einen Backofen verwandelte Wagen los und die holperige Küstenstraße schaukelte uns durcheinander.
Krampfhaft hielt ich mich an der Rückenlehne vom Sitz meines Vordermannes fest und während ich blinzelnd auf seinen hin- und herwackelnden Kopf starrte, befand ich mich plötzlich in einem anderen Bus ...

Damals, vor mehr als zwölf Jahren, war stockfinstere Nacht gewesen. Nicht ein klitzekleiner Stern zeigte sich bereit, mich für den Zeitpunkt der Abreise zu entschädigen. Mein Hotel hatte als erstes auf der Liste gestanden und so war ich schlaftrunken auf die hinterste Sitzbank des Kleinbusses geklettert. Beim nächsten Halt stieg ein junger Mann zu. Er quetschte sich neben mich und brummelte einen Gruß. Ich grunzte zurück und registrierte trotz meiner Müdigkeit seine schlanke Gestalt und ein überaus markantes Gesicht. Doch schon verließen wir die beleuchtete Hotelzufahrt und die Dunkelheit hüllte uns ein.

Endlich waren die restlichen Plätze mit Touristen bestückt und die rasante Fahrt zum Flughafen ging weiter. Allmählich wurde es heller und die heraufziehende Dämmerung umriss die Köpfe der vor mir Sitzenden scharf. Sie agierten wie in einem Stummfilm: rechte Kurve – alle Köpfe wackelten nach links, linke Kurve – alle Köpfe im Gleichtakt nach rechts, eine heftige rechte Kurve – alle Köpfe zackig nach links, noch eine rechte Kurve – alle Köpfe noch weiter nach links. Meine Schultern bebten vor unterdrücktem Lachen und ich schielte zu meinem Nebenmann, der die Wackelköpfe nachmachte. Jetzt lachten wir beide verstohlen. Zum Glück nahte unser Ziel und der Bus entließ uns, kurz bevor wir auszuplatzen drohten.

Der Fahrer entlud die Gepäckstücke in schneller Abfolge und ich entwickelte gerade eine Strategie zur Transportbewältigung, als der sehnige Arm meines Sitznachbarn nach einem meiner Koffer langte.

„Haben Sie auf Malta überwintert?"

Er wies mit dem Kinn auf meine drei Gepäckstücke und schien ehrlich überrascht.

„Sehr lustig. Laut Reiseführer muss man im Frühjahr für jedes Wetter gewappnet sein – und das vierzehn Tage lang!"

„Was haben Sie zwei Wochen auf diesem lauten, engen Felsbrocken gemacht?"

„Steine angeschaut." Ich merkte, dass ich leicht pikiert klang.
„... Steine?" Er hielt es für einen Witz und prustete los.
„Da gibt's nichts zu lachen. Sie haben also keine Ahnung, welch phantastische Tempelreste überall auf der Insel zu finden sind? An die sechstausend Jahre alt! Dann noch in La Valletta die mittelalterliche Festung, die man von jedem Foto kennt und erst die Ausgrabungen auf Gozo ..."
„Da war ich", unterbrach er desinteressiert meine Schwärmerei.
„Na, bitte! Dann kennen Sie ja die Ggantija-Anlage. Fand ich besonders faszinierend."
Er schüttelte fast unmerklich den Kopf: „Hab' nur Strandurlaub gemacht", ein genüssliches Lächeln unterstrich seine Mitteilung, „eine schöne faule Woche."
Meine Antwort war ein wütender Blick und ich wurde noch wütender, als meine rollende Reisetasche ins Trudeln geriet, denn auf meinen hochhackigen Stiefeletten musste ich jedes Mal zwei Schritte machen, während mein Kavalier – rechts und links einen Koffer schleppend – einen einzigen machte. Sofort verlangsamte er das Tempo, blieb ganz stehen und blickte auf mich hinunter.
„Da tingeln Sie also ganz allein durch die Gegend. Was sagen Ihre Eltern dazu?"
„Tingeln!", ich schnaufte vor Empörung, „schon mal was von Studienreisen gehört? Außerdem liegt die Volljährigkeit schon hinter mir."
„Sie müssen ja nicht gleich sauer sein", er grinste unverschämt, „wie alt sind Sie denn?"

„Zweiundzwanzig." Ich begleitete meine Antwort mit einem strafenden Blick – was ging ihn das an?
„Sie sehen jünger aus."
„Sie auch – als Ihr Koffer."
Wenn ich gehofft hatte, es ihm damit heimzuzahlen – weit gefehlt. Nach einem kurzen Blick auf sein ramponiertes Gepäckstück gab er lachend zu verstehen, dass der Koffer sicher mehr als siebenundzwanzig Jahre auf dem Buckel hätte und nahm sein Verhör gleich wieder auf.
„Wie heißen Sie?" Sein Tonfall war jetzt sanft.
Ich sah ihm zum ersten Mal bewusst in die Augen und verstand mit einem Mal die poetische Umschreibung von ‚tiefen blauen Seen'. Ich schluckte: „Kerstin."
„Hagen."
Ich gönnte ihm noch einen schrägen Blick und bugsierte meinen Rollkoffer und die instabile Reisetasche weiter Richtung Abfertigungshalle. Hagen schritt, sich meinem Tempo anpassend, neben mir einher. Er wirkte verdächtig zufrieden. Kaum hatten wir die Halle betreten, überflutete uns ohrenbetäubender Lärm. Es herrschte ein haltloses Durcheinander, da an den Schaltern die entsprechenden Informationen für die Abflüge fehlten. Hagen ließ sich davon nicht beeindrucken und fand für uns tatsächlich ein etwas ruhigeres Plätzchen etwas abseits des Chaos. Er verschränkte die Arme und begnügte sich damit, die hektischen Menschen zu beobachten. Seine Ruhe bewahrte mich davor, von der allgemeinen Nervosität angesteckt zu werden.
Endlich hatte man entschieden, dass auch die Reisenden nach Düsseldorf einen Schalter bekämen und

wir reihten uns in die sich sofort bildende Schlange ein.
„Setzen wir unsere Unterhaltung im Flugzeug fort?"
Kurz fragte ich mich, welche Unterhaltung Hagen wohl meinte, da er ja die letzten Minuten in die Betrachtung wildfremder Menschen vertieft war, hörte mich aber fast gleichzeitig ein bestätigendes „mmh" antworten. War ich nicht ganz bei Trost, diesem Sandalen tragenden Kulturbanausen ohne Umschweife mein Ticket in die ausgestreckte Hand zu legen?
Im Flieger überließ Holger mir den Fensterplatz und löcherte mich mit weiteren Fragen.
„Wohnst du direkt in Düsseldorf?"
Unser Namensaustausch beinhaltete wohl gleichzeitig die Duzform.
„Nicht doch! Bin aus dem Ruhrpott – Bochum. Und du?"
„Das trifft sich gut, ich wohne ganz in der Nähe. Komme aus Dortmund."
Mit tadelndem Blick wegen unserer Unaufmerksamkeit hielt uns eine Stewardess die Frühstückstabletts unter die Nase und wir klappten artig die Tischchen herunter. Hagen brach sich sämtliche Finger bei dem Versuch, an die folienverpackten Köstlichkeiten zu gelangen.
„Schmeckt es dir?"
„Geht so", er kaute, schluckte, „hab' eben Hunger."
Skeptisch betrachtete ich die bleiche Scheibe Käse, die eine Symbiose mit der roten Scheibe Salami bildete.
„Noch Interesse an einigen unangetasteten Häppchen?"

Mit vollem Mund nickend, tauschte er unsere Tabletts. Kaum war der letzte Bissen vertilgt und der letzte Schluck des magenunfreundlichen braunen Getränks herunter, wurden die Duty-Free-Waren angepriesen.

„Der Fliegerteddy geht ja für ein Mädchen in Ordnung", kommentierte Hagen meinen Kauf (wobei er für die Bezeichnung „Mädchen" einen giftigen Blick von mir kassierte), „aber wie kommst du auf die Idee, dir alte Steine anzugucken?"

„Ausgrabungen! Besser als nur faul auf dem Hintern herumzuliegen. Hast du überhaupt Hobbys?"

„Fußball ..."

„Gucken oder selbst spielen?"

„Natürlich selbst spielen und in der Saisonpause surfe ich."

„Hilfe!"

„Du treibst gar keinen Sport?"

„Ich hasse Sport!" Vor meinem geistigen Auge sah ich mich bekleidet mit irgendeinem sportlichen Outfit und von Hagen mit breitem Grinsen dazu verführt, mich körperlich zu ertüchtigen. Mein Entsetzen kannte keine Grenzen.

Hagen schien nicht zu bemerken, wie ich regelrecht um Fassung rang.

„Im Sommer fliege ich auf eine griechische Insel. Da ist der beste Wind und Stei... – Ausgrabungen gibt es, glaub' ich, auch."

„Dann kannst du dich so ganz nebenbei doch mal ein bisschen bilden", stichelte ich.

„Vielleicht möchtest du ..."

Starkes Knacken im Lautsprecher unterbrach ihn und der Kapitän verkündete das Überfliegen der Alpen.
„Sieh nur, wie toll! Nicht eine Wolke versperrt die Sicht – die Schneekuppen dort hinten und da – ein Tal mit Spielzeughäusern ..."
Hagen hatte sich während meines Begeisterungsanfalls herüber gebeugt und so hatten wir Schulter an Schulter gesessen und seine Nähe war mir beunruhigend angenehm gewesen.

Jetzt spürte ich ebenfalls eine Schulter, die sich absichtlich gegen meine drückte, als unser Gefährt durch die nächste Kurve rauschte und eine wahrlich fotogene Landschaft offenbarte. Mein Mann, der mich so jungenhaft angerempelt hatte, beugte sich vor und flüsterte: „Das Geschuckel erinnert mich an unsere erste gemeinsame Busfahrt auf ..."
„... Malta", beendeten wir gleichzeitig den Satz. Hagens Gesicht war ganz nah und ich küsste seine Nasenspitze. Vor uns lagen drei herrlich lange Wochen, mit viel Faulenzen am Strand und dem einen oder anderen Ausflug zu garantiert antiken Steinen.

# Engelbrecht einsam

Genauso aufrecht, wie Engelbrecht auf dem Sitz saß, hielt er seine abgewetzte Aktentasche auf den geschlossenen Knien. Sein alter Herr, damals bei der Senatsbehörde angestellt, hatte sie ihm zur bestandenen Aufnahmeprüfung des Gymnasiums, auf das sein Vater ebenfalls gegangen war, geschenkt. Hohe Erwartungen waren an Engelbrecht als einziges Kind gestellt worden. Er lächelte stolz, verstärkte den Griff seiner linken Hand, um die Tasche in der Senkrechten zu halten, und strich mit der anderen über sein pomadisiertes schütteres Haar; er hatte niemanden enttäuscht. Nach dem schwierigen Studium der Mathematik, Physik und Chemie war er mittlerweile Oberstudienrat. Engelbrecht setzte sich noch etwas aufrechter.

Er starrte vor sich hin, denn die S-Bahnstrecke war ihm wohl vertraut – morgens hinein nach Berlin, später zurück ins ruhige Hansaviertel; es erinnerte ihn ein wenig an seine Heimatstadt Hamburg. Nachdem er bereits einige Studienjahre in Berlin verbracht hatte, siedelte er später ganz in die Hauptstadt über. Nur ungern hatte er dem Norden den Rücken zugekehrt, doch sein Vater hielt es für ausgeschlossen, dass er diese angesehene und gut dotierte Stellung an einem der renommiertesten Gymnasien ablehnte. Jetzt blickte er doch hinaus - grimmig. Der Unterricht in der sechsten Klasse war ihm zuwider. Diese Rotznasen und Ignoranten! Zu seiner Zeit, als er vor *genau* (selbst korrektes Denken war ihm wichtig) vierzig Jahren zum Gymnasium kam, brachte man den Lehrern noch Respekt entgegen. Schon die gemischten Klassen waren ihm ein Gräuel. Mädchen – in diesem Alter nichts weiter als gibbelige Gören; wie sollte man sie für Naturwissenschaften begeistern? Wo sich selbst erwachsene Frauen damit schwer taten! Letzten Samstag, auf der unvermeidbaren Feier eines Kollegen, hing die Blonde zuerst bei seinen Ausführungen über die Relativitätstheorie an seinen Lippen. Kurz darauf bezeichnete sie ihn als weltfremd, nur weil er mit ihr nicht über einen Fernsehfilm diskutieren konnte. Er besaß keinen dieser hirnlosen Kästen. Aus einem tête-à-tête war dann nichts geworden. Mittlerweile machte es ihm nicht mehr soviel. Früher war er hin und wieder in gewisse Etablissements gegangen – Engelbrecht wandte sich verstohlen um, so als fürchte er, die anderen Fahrgäste könnten seine Gedanken lesen, doch niemand beachtete ihn. Diese Aktionen brachten ihm zwar Befriedigung, stellten ihn aber keineswegs zufrieden; diese dummen Hühner taugten nicht einmal ansatzweise zu einem wissenschaftlichen Gespräch.

Noch drei Haltestellen. Er lehnte sich, fast entspannt, etwas zurück. Der Anflug eines Lächelns huschte über seine verkrampften Züge. Seit einer Woche ergänzte die Rarität eines naturwissenschaftlichen Buches seine Sammlung solch seltener und kostspieliger Werke. Als er das Buch endlich aufgespürt hatte, war er am Freitagnachmittag sofort nach München gereist, um es abzuholen. Auf die Postzusendung konnte er auf keinen Fall warten; allein der Gedanke, es könne auf diesem Weg verloren gehen, machte ihn krank.

Noch zwei Haltestellen. Erst letzte Nacht hatte er geträumt, jemand wäre ihm zuvorgekommen. Schweißgebadet war er aufgewacht und sofort in seine Privatbibliothek, die hinter einer schweren und stark gesicherten Tür innerhalb seiner Wohnung zu finden war, gestürmt. Dort stand es! Liebevoll hatte er das Buch aus dem Regal genommen und gestreichelt – es gehörte ihm, ihm ganz allein. Gleich würde er seinen Fischen daraus vorlesen. Sie waren herrlich ausdauernde und kritiklose Zuhörer.
Noch eine Haltestelle. Engelbrecht stand auf, zog seine Anzugjacke zurecht und schnippte eine imaginäre Fluse vom Aufschlag. Seine Aktentasche fest am Tragegriff und sich selbst mit einer Hand an der Stange haltend, achtete er jetzt genau auf die Strecke. Es kam noch eine Kurve und dann drückte er immer auf „Halt". Heute klappte es nicht – jemand hatte schon gedrückt.
Die Fische würden sich noch ein zusätzliches Kapitel anhören müssen.

# Doch nicht allein

Trübsinnig bugsierte Carla den Einkaufswagen durch das Drehkreuz. Sie hatte einen schwergängigen, schlecht zu lenkenden erwischt und wäre der Dame vor ihr beinah in die Hacken gefahren. Sie schaffte es so eben, das quietschende Gefährt zur Raison zu bringen und dachte ‚gerade nochmal gut gegangen', als die Frau sich überrascht umwandte und Carla aus fast farblosen Augen intensiv ansah. Die Unbekannte drehte sich wieder weg und wie von einem Magneten angezogen, folgte Carla dem Rücken, der in einem langweiligen, beigen Trenchcoat steckte. Ganz im Gegensatz zu ihrem eigenen Einkaufswagen, dessen Räder in alle möglichen Richtungen wollten, steuerte die Fremde den ihren mit nonchalanter Leichtigkeit durch die Gänge. Sie erreichten die Kühltruhen und gingen nun nebeneinander. Carla beugte sich ein wenig vor, um in das glatte, regungslose Gesicht der Frau zu sehen. Diese packte unablässig Lebensmittel in den großen Drahtkorb. Als sie etwas mitteilte, blieb Carla ungläubig stehen und starrte auf ihren Mund, der sich zu einem Lächeln öffnete. ‚Nenn mich Gilda – mein Pseudonym für die Zeit hier.' Die hellen Augen blickten Carla warmherzig an und Gildas Lächeln wurde spitzbübisch: ‚Ja, du gehörst zu den wenigen Erdenbürgern, die uns auch ohne *Laute* verstehen. Eine seltene Gabe.'

Carla zweifelte nicht einen winzigen Moment daran, dass sie es mit einer Besucherin von einem anderen Stern zu tun hatte. ‚Du musst von sehr weit kommen, denn unsere Forscher behaupten, dass sich kein bewohnbarer Planet in unserer Nähe befindet.'

‚Von ziemlich weit her.'

‚Es gibt also doch Lebewesen außerhalb der Erde. Du glaubst gar nicht, wie sehr mich das freut! Ich fühlte mich so einsam in diesem riesigen Universum.'

‚Und was noch?', bohrte Gilda, die den Ernst von Carlas Worten erkannte, aber auch ihre Sorge.

‚Nach, nach ...', bedrückt und noch immer fassungslos, schüttelte Carla den Kopf, ‚nach diesen furchtbaren Ereignissen gestern, fühle ich mich nicht mehr sicher. Mein erster Gedanke war, dass es KRIEG bedeutet und dass unser Land sich nicht heraushalten kann. Mein zweiter Gedanke war, wie ich meinen Mann – selbst wenn sie ihn nicht in die Uniform zwingen – und mich vor der Vernichtung schützen kann. Doch bei einem nochmaligen Weltkrieg gibt es keine Chance, sich zu verkriechen.'

‚Ihr Menschen besitzt entsetzliche Vernichtungswaffen', Gildas Gesicht kehrte bei diesen Worten zu einer maskenhaften Starre zurück, ‚bleibt nur zu hoffen, dass der gerade gewählte amerikanische Präsident umsichtig handelt.'

‚Vor drei Jahren', Carla schluckte, ‚waren wir mit einer Reisegruppe in New York. Ganz selbstverständlich haben wir das *World Trade Center* besucht und von einem der beiden Türme die Aussicht genossen. Nicht vorstellbar, dass Selbstmordattentäter in sie hineingeflogen sind und alles nur noch ein Trümmerhaufen ist. Und all die Toten ...'

‚Wärt ihr bereit, weit weg zu gehen?'

Carla schnappte hörbar nach Luft und blieb wie angewurzelt stehen, denn während ihres Gedankenaustausches war Gilda stets weitergegangen, um den Einkaufswagen mit allen möglichen Nahrungsmitteln zu füllen. Nun drehte sie sich um.

‚Es ist eine günstige Zeit errechnet worden, in der wir ungehindert die Erde verlassen können', Gilda machte eine bedeutsame Pause und sah Carla mit diesen unergründlichen Augen lange an, ‚unsere Gruppe hat etliche Jahre unter euch gelebt und wir mögen die Menschen – trotz allem. Nun, es ist schlecht um eure Erde bestellt, doch wir möchten, dass die Menschheit überlebt. Einige Auserwählte sind schon bereit – aber für zwei wäre noch Platz.' Noch einmal machte Gilda eine Pause und ihre Züge wurden weich: ‚Es wäre endgültig. Wir kehren nicht zurück.'

Carla bedachte ihre Gönnerin mit einem ungläubigen Blick, dann begann sie zu lächeln und letztendlich lachte sie befreit. Ihr Mann und sie waren allein – sie würden niemandem mit ihrem Weggehen weh tun. Außerdem wusste sie, dass er genauso empfand wie sie. Also konnte sie sich jetzt gleich entscheiden. Nach einvernehmlichem Nicken, gingen Gilda und sie zielstrebig zur Kasse.

„Hallo, Frau Still", begrüßte die Kassiererin Carlas Gefährtin und Carla dachte, dass Gilda sich einen wahrhaft treffenden Namen zugelegt hatte, „soviel heute?"

„Ja", diesmal *sprach* Gilda und ihre Stimme klang sanft und angenehm, „ich erwarte Besuch und wir wollen einen längeren Ausflug machen."

Dann wandte sie sich ein letztes Mal stumm an Carla und diese erwiderte, ebenfalls tonlos: ‚Wir werden pünktlich sein!'

# Der Prinz mit den goldenen Haaren

Sie lebte mit ihren Eltern in einem Schloss inmitten ausgedehnter Ländereien. Im Spätsommer genoss sie es, den Kindern zuzusehen, wenn sie ihre bunten, in den meisten Fällen selbstgebastelten, Luftvögel auf den Stoppelfeldern steigen ließen. Sie hatte das unverschämte Glück, im gleichen Flügel neben den Gemächern des Prinzen zu wohnen. So kannte sie seine Gepflogenheiten und wusste, dass er am frühen Nachmittag von seinen mit Sicherheit wichtigen Angelegenheiten zurückkehrte. Unter irgendeinem Vorwand schaffte sie es täglich, über den langen Flur zu schreiten und wie zufällig zu der großen Treppe zu gelangen. Dort verweilte sie dann, um ihren ausladenden Rock zu richten oder ein heruntergefallenes Taschentuch aufzuheben oder ähnliches. Meist wurde sie belohnt; zuerst erblickte sie den Haarschopf des Prinzen, während er die Treppe hinaufkam. Und wie es sich für einen Prinzen gehört, waren seine Haare golden ...

Mitte bis Ende der 1950er Jahre waren längst nicht alle Trümmer beseitigt und gerade im Ruhrgebiet mit den vielen Unternehmen der Großindustrie gab es davon reichlich. Der Wohnraum war begrenzt und knapp bemessen. Sie wohnte mit ihren Eltern in einem soliden Haus aus sehr dunklen rotbraunen Ziegelsteinen. Die Felder ringsum, auf denen im Spätsommer die Kinder ihre Luftvögel steigen ließen, gehörten einem einzigen Bauern, der dann Anfang der Sechziger seinen gesamten Bodenbesitz an eine Wohnungsbaugesellschaft veräußerte und zu ungeahntem Reichtum gelangte. Wo sich einst Ähren elegant im sanften Wind gewogen hatten, entstanden Wohnsiedlungen mit neuen Straßen zwischen den immer gleichen Häusern. Doch zu ihrer Zeit war es noch idyllisch, fast ländlich anmutend inmitten einer Großstadt.

Im Erdgeschoss des wuchtigen Gebäudes lebten die Vermieter in den beiden größten und besten Zimmern, was die restlichen Mitbewohner selbstverständlich fanden, da sie ja auch die Hausbesitzer waren. Es handelte sich um ein Ehepaar mit einer Tochter, die ihrer glubschäugigen Mutter leider ähnlich sah. Obwohl diese Menschen zu den begütertsten innerhalb dieser Gemeinschaft zählten, waren sie voller Neid. Jedes Mal wenn sie die Treppe herunterkam, was jeder hören konnte, da die Holzstufen knarrten, ging die Tür auf und die Vermieterin steckte ihren Kopf heraus um mit gekünstelter Freundlichkeit ähnliches wie ‚ich wollte nur mal sehen, was du heute trägst' oder ‚schon wieder neue Kleider für Mutter und Tochter' zu sagen. Es störte weder sie noch ihre Mutter. Sie entrichteten einen fröhlichen Gruß oder ein höfliches Wort und gingen ihrer Wege. Ebenfalls im Erdgeschoss lebte ein weiteres Ehepaar mit ihrem Sohn. Die Frau wirkte streng, mit dem zu einem Knoten getragenen Haar und war übervorsichtig mit ihrem späten Kind. Der Junge durfte das Haus nicht ohne sie verlassen. Der Ehemann fuhr mit einem klapperigen Moped zur Arbeit und entfloh der Enge der beiden winzig kleinen Zimmer nach Feierabend, indem er stundenlang auf einer niedrigen Mauer am Beginn der Straße hockte. Dort summte er vor sich hin, ließ die Beine baumeln und lächelte in sich hinein. Ihre Eltern vertraten die Ansicht, dass der arme Mann nicht ‚ganz richtig im Kopf sei'. Sie selbst fand das Verhalten der gesamten Familie seltsam, denn wenn sie schon mal zu einem Besuch in der penibel ordentlichen Wohnküche von Frau „Stocksteif" verweilte, wagte sie es kaum sich zu bewegen, denn der strenge Blick der hageren Frau ruhte stets auf ihr. Und der Sohn mit dem langen Kopf und den fahlen, kaum sichtbaren Haaren, wurde dauernd zum Schlafen in das Zimmer nebenan gebracht. Selbst zum ‚Pipimachen' begleitete seine Mutter ihn bis zum Klo am Ende Ganges, gleich neben der Tür zum Garten und der Aalskuhle. Die beiden Parteien des Erdgeschosses teilten sich diese Einrichtung.

Oben unter dem Dach wohnte eine alte Witwe in einem enorm kleinen Zimmer. Sie kam des morgens mit ihrem Nachttopf herunter, um ihn in die Toilette im Zwischengeschoss zu entleeren. Manchmal holte sie auch Wasser aus dem Hahn, der für die Allgemeinheit auf dem Absatz der ersten Etage angebracht war. In der Mansarde von Frau Bergstein gab es kein fließendes Wasser, woraus sie schloss, dass die Alte deshalb so unangenehm roch. Allerdings hatte Frau Bergstein immer ein freundliches Wort für sie, falls sie es nicht vermeiden konnte, ihr zu begegnen. Sie lächelte dann nur, denn sie verstand das ostpreußisch gefärbte Kauderwelsch kaum. In dem anderen Mansardenzimmer lebte ein sehr junges Ehepaar. Die junge Frau machte ihrer Mutter und ihr kleidungsmäßig durchaus Konkurrenz. Sie war allerdings nicht neidisch auf Frau Schneider, sondern fand sie einfach nur chic. Ihre Mutter hatte zu den wasserstoffblonden Haaren und der Schminke von Frau Schneider ein gestörtes Verhältnis. Sie dagegen ließ sich gern von ihr in die Dachkammer einladen und beobachtete stundenlang, wie sie ihr Haar färbte und ihr Make-up auftrug. Sie besaß nämlich ein eigenes Waschbecken und – was beide entzückte – eine fantastische Sammlung der allerschönsten Puppen. Manchmal fand sie, Frau Schneider könne sich selbst zu den in wunderschönen Kleidern gehüllten und mit Löckchen versehenen Porzellandamen setzen – so hübsch fand sie sie. Oft spielten sie mit den Puppen und sie vertrieb ihr manches mal die Zeit, bis ihr Mann nach Hause kam. Sie glaubte, dass Frau Schneider einsam war und sich langweilte.

Sie wohnte mit ihren Eltern in der ersten Etage. Es gab ein separates Schlafzimmer und eine hübsch eingerichtete Wohnküche mit fließendem Wasser und einem großen Spülstein. Das Klo befand sich eine Treppe unterhalb und war, wie alle Toiletten dieses Hauses, mit einer Wasserspülung versehen. So wurde der menschliche Abfall bis in das Sammelbecken geleitet. Es war schon ein Fortschritt und sie war stolz darauf, denn bei ihrer Freundin gab es noch ein regelrechtes Plumpsklo. Der Gestank raubte ihr jedes Mal den Atem, wenn sie es benutzen musste. Zugegeben, im Sommer stank es aus diesen Toiletten auch und wenn der Aalwagen kam, um das Becken zu entleeren, machten ihre Mutter und sie immer einen Spaziergang. Nebenan wohnte die Kriegerwitwe Frau Gronehorst mit ihren beiden Söhnen. Der älteste arbeitete bei einer großen Firma in der Nachbarstadt und kam immer erst spät abends nach Hause. Frau Gronehorst arbeitete in der städtischen Gärtnerei und kam immer am Nachmittag zurück. Meist zog sie sich am Geländer hoch und hielt sich den schmerzenden Rücken. Das hielt sie aber nicht davon ab, stets ein nettes Wort für ihre Mutter oder sie übrig zu haben. Ihre traurigen Augen lächelten dann einen Moment lang. Ihre Mutter führte oft lange Gespräche mit Frau Gronehorst und putzte auch den Hausflur an den Tagen, an denen es eigentlich Frau Gronehorst hätte tun müssen. Der jüngere Sohn von Frau Gronehorst war ein Prinz, denn er hatte goldene Haare. Ihr Vater schmunzelte über ihre Schwärmerei und ärgerte sie mit Äußerungen wie ‚ja, ja, Liebe macht blind, so werden aus roten Haaren plötzlich goldene'. Sie ließ sich nicht beirren.

Der Prinz kam immer als erster von der Arbeit nach Hause und wie jeden Tag lungerte sie auf dem Absatz vor ihrer Wohnung herum. Sobald die Haustür aufging und fröhliches Pfeifen erklang, wusste sie, dass er es war. Ungestüm nahm er gleich zwei Stufen auf einmal und schon sah sie seinen goldenen Schopf. Sie tat, als sei sie gerade aus der Tür getreten, tänzelte ein wenig auf der Stelle und richtete eine Falte an ihrem Rock. Jetzt war er oben angelangt und sah sie breit grinsend an. Er begrüßte sie: „Na, Kleines?" Ihr fehlten die Worte und mit vor Aufregung glühenden Wangen lief sie in die Wohnung. Sie spielte an dem Band, das um ihre Taille lag und geriet, noch in der Tür stehend, mit ihrer Hand auf den heißen Kohleofen gleich daneben. Sie brach in bittere Tränen aus und sofort war ihre Mutter bei ihr. Sie nahm sie auf den Schoss und schaukelte sie tröstend und besänftigend. Sie war doch erst fünf Jahre alt.

# So ein Unsinn

Fluchend suchte ich nach dem Abstellknopf für dieses markerschütternde Geräusch. Wie fast immer, wenn ich aus dem Tiefschlaf gerissen wurde, warf ich den Wecker um, bevor es mir gelang, den Alarm abzuwürgen. Mit noch fest geschlossenen Augen quälte ich mich hoch und gönnte mir einen Moment auf der Bettkante, damit mein Kreislauf in Schwung kam. Ich verzichtete auf Licht und schlurfte barfuß Richtung Diele. Der Schmerz, der meinen Körper durchdrang als ich mit dem kleinen Zeh einen der stabilen Bettpfosten rammte, war überwältigend. Humpelnd und Verwünschungen ausstoßend, erreichte ich die Küche. Leider war nun volle Beleuchtung vonnöten und ich knibbelte mit den Lidern, bis ich mich an die gnadenlose Helligkeit gewöhnt hatte. Vorsichtig nahm ich die Wanduhr herunter, die immer besonders laut tickte, bevor ihre Batterie den Geist aufgab. Sie war relativ unaufwendig umzustellen – das kleine Rädchen auf der Rückseite war zwar, da fettverklebt, etwas schwergängig, doch schon zeigten die Zeiger eine andere Zeit. Die Schwierigkeit bestand allerdings darin, sie wieder richtig an den Nagel zu hängen; sie hatte nur eine kleine Ausbuchtung und rutschte gern herunter. Es gelang. Mit dem Küchenradio war es weitaus aufwendiger, bis der entsprechende Modus für die „Clock" gefunden war und ich löschte verschiedene Senderprogrammierungen. Stöhnend suchte ich in den mir sehr zahlreich erscheinenden Küchenschubladen nach der Gebrauchsanweisung. Nach geraumem Zeitaufwand fand ich sie und brachte wieder alles in Ordnung. Ich torkelte in den Essbereich. Hier befand sich meine kleine Musikanlage mit der immens großen Zeitanzeige; die Einstellungen ließen sich nur über die Fernbedienung steuern. Sinnvoller Weise lag die Anleitung für die Handhabung stets parat. Danach wurde es erst wirklich kompliziert – die schnurlose Telefonanlage mit den zwei Apparaten; glücklicherweise stellte sich der zweite mit um, indem man den ersten änderte. Nachdem ich versehentlich verschiedene Nummern angewählt, aber entsprechend schnell unterbrochen hatte, leuchtete mir auch hier die richtige Zeit entgegen. Meinen immer noch schmerzenden Zeh reibend, stolperte ich ins Wohnzimmer. Von meinem Arbeitsbereich grinsten mir die Stand-by-Lämpchen des Computers entgegen; ich grinste hämisch zurück - *der* stellte sich automatisch um. Auf der Fensterbank wartete die Wetterstation mit ihren vielen angepriesenen Funktionen. Für den nächsten Tag kündete sie Wolken, Regen und Sonne an. Toll! In einem Ordner für „Garantien und Beschreibungen" fand ich zwischen den Heftchen für längst ausgediente Geräte endlich die entsprechende Broschüre. Blinzelnd blätterte ich mich durch sämtliche Sprachen der Erde, bis die meinige, oder das, was der Hersteller dafür hielt, auftauchte. Gähnend bemühte ich mich, aus den Wortverdrehungen und dem Weggelassenen schlau zu werden. Als ich endlich wieder das richtige Datum und die anderen wichtigen Informationen in ihre gewünschte Anzeigeform gebracht hatte, zeigte das Display 03.35 Uhr. Die ganze Prozedur hatte mich also bereits um mehr als eine halbe Stunde meiner Nachtruhe gebracht! Es war ja nicht so, dass ich gegen die Sommerzeit war. Ganz im Gegenteil, ich liebte die langen, hellen Abende. Nur den Zeitpunkt der Umstellung auf 02.00 Uhr festzulegen, erschien mir mehr als unsinnig. Wer sich das wieder ausgedacht hatte?! Jetzt saß ich vor meinem alten Videorekorder. Das Datum ließ sich nicht mehr korrekt einstellen, da er nur bis zum Jahr 2005 darauf ausgerichtet war; auf die genaue Uhrzeit legte ich allerdings wert – falls ich doch mal was aufzeichnen wollte. Meist fristeten die Filme dann ein ungesehenes Dasein im Regal und wurden irgendwann überspielt. Müde ließ ich meinen Blick schweifen. Das war's dann wohl. Entnervt wankte ich zurück ins Schlafzimmer und bettete mein Haupt genüsslich auf das weiche Kissen. Während des Einschlafens beschloss ich, mir für den Herbst alle Gebrauchsanleitungen am Abend vorher herauszulegen.

Mürrisch schreckte ich hoch. Wer klingelte da Sturm? Mein Wecker zeigte 09.53 Uhr. Jetzt wurde an die Tür gehämmert. Unverschämt! Bei soviel Lärm blieb mir keine andere Wahl, als mich zu erheben und der Ursache auf den Grund zu gehen. Ich schleppte mich zur Tür und linste durch den Spion. Ich gewahrte das Grienen meines derzeitigen Freundes und hörte das Gegibbel meiner Freundin und das tiefere Lachen ihres Mannes. Was machten die denn schon hier? Ich hatte sie doch erst so gegen elf Uhr zum Frühstück eingeladen. Während ich die Tür öffnete, fiel es mir wie Schuppen von den Augen: mein Wecker war die einzige Uhr, die ich nicht umgestellt hatte.

# Die entgangene Gelegenheit

Mit einigen freundlichen Worten schritt er an dem Pförtner vorbei. Seinen schwarzen Knirps hielt er vorsichtshalber in der Hand, denn dieser graue Novembertag versprach Regen. Da heute Donnerstag war, würde er sich wie letzten Donnerstag, den Donnerstag davor und wie überhaupt jeden Donnerstag, zu Hause ein Omelette bereiten. Gerade wollte er zielstrebig durch die Drehtür eilen, da zuckte er zusammen.
Er starrte auf die hohen Absätze, die ein Stakkato auf das Pflaster trommelten, um die Füße in den dünnen Pumps warm zu halten. Er nahm die schlanke Hand wahr, die eine Zigarette zu dem leuchtend roten Mund führte. Er drehte sich um und floh zu den Aufzügen.
„Herr Feddersen, Sie haben doch nichts vergessen?"
Verwundert blickte der Portier hoch; er hatte es in den vielen Jahren noch nie erlebt, dass Feddersen das Gebäude auch nur eine Minute später als halb sechs verließ. Verlegen und leise erhielt er Antwort: „Nein – ja, ich werde noch eine Weile bleiben."
Sein Büro bot nur eine vorübergehende Zuflucht, aber er musste unbedingt seine wirren Gedanken ordnen. Hatte er ihr nicht ausdrücklich erklärt, dass er sie nach dem ersten Treffen nicht wiedersehen wolle? Wieso wartete sie dort unten auf ihn? Er trat zum Fenster, das nach hinten ging, öffnete es einen Spalt und sog grübelnd die feuchte Luft ein. Es tauchte ein lachender Mund mit wunderschönen Zähnen vor seinem geistigen Auge auf, halblanges

brünettes Haar, das weich nach hinten geworfen wurde. Nein, nein, sie passte nicht zu ihm. Sie würde alles durcheinander bringen. Oder würde sie morgens pünktlich mit ihm aufstehen, abends seine Lieblingssendungen mit ihm gemeinsam anschauen? Sicher nicht. Sein Leben würde absolut aus den Fugen geraten. Er hörte ihre angenehme Stimme, die so fröhlich erzählte. Ob sie ihm zuliebe das Rauchen aufgeben würde?
Er sah auf die Uhr. Es war eine Viertelstunde vergangen. Entschlossen griff er zu seiner Aktenmappe. Vielleicht hatte sie das Warten aufgegeben. Dann würde er wie immer seinen Bus nehmen – heute natürlich einen späteren – und Herrn Nickmann, der seit ewigen Zeiten die Fahrgäste der Linie 60 chauffierte, eine plausible Erklärung liefern müssen. Wenn sie jedoch noch da war, würde er sich dem Abenteuer stellen.
Fast beschwingt betrat er den Aufzug, der noch einmal in der dritten Etage hielt. Hier befand sich die Buchhaltung und ein Mann, mit Ende dreißig in etwa gleichem Alter wie Feddersen, auch ebenso groß und blond und ähnlich korrekt gekleidet, stieg ein. Die Männer nickten sich zu.
Der Buchhalter verließ das Bürogebäude als erster und Feddersen, der seinen Hals reckte, sah, dass Helga noch ausharrte. Aufgeregt trat er hinaus, nur um zu erkennen, dass der andere ihr den Arm reichte und sie zusammen zur Tiefgarage gingen. Feddersen blieb wie angewurzelt stehen und atmete schwer. Mit einem Nebenbuhler, der die ganze Angelegenheit noch komplizierte, hatte er nicht gerechnet.

# Abschleppdienst

Gut gelaunt lenkte Gerald den Wagen durch die langgezogene Autobahnausfahrt. Seine Frau Rosalie betrachtete versonnen den Mond, der, dick und rund, langsam am Himmel hochkroch.
„Wie oft waren wir eigentlich schon in *unserem* Landgasthof?"
„Keine Ahnung", Gerald zuckte die Schultern, „aber es ist immer wieder schön. Bei dem warmen Wetter lassen wir die Balkontür auf und morgen früh weckt uns der Hahn."
Er lachte, wusste er doch genau, dass Rosalie frühes Aufstehen zu wider war. Sie puffte ihn in die Seite, er schnappte schnell nach ihrer Hand und während er konzentriert auf die dunkle Landstraße schaute, drückte er liebevoll einen Kuss auf ihre Finger. Rosalie räkelte sich, doch als wolle ihr jemand die Laune verderben, tauchte im Scheinwerferlicht ein stark verbeultes gelbes Schild mit dem hässlichen Wort „Umleitung" auf. Es zeigte nach rechts. Mit grobem Klebeband befestigt, baumelte dann noch ein Pappschild „Halten Sie sich links!" daran. Irritiert bog Gerald erst einmal rechts ab und sie holperten einen erstaunlich kurvenreichen Feldweg entlang. Nach ungefähr zehn Minuten kamen sie an eine Weggabelung und Gerald bog nach links in einen noch schmaleren Feldweg ein. Er verlangsamte die Fahrt fast auf Schritt-Tempo, damit sie von den üblen Schlaglöchern nicht allzu sehr durchgeschüttelt wurden. Rosalie, die bisher missmutig geschwiegen hatte,

beschlich ein ungutes Gefühl und sie tippte ihrem Mann auf den Arm:
„Kannst du nicht auf den breiteren Weg zurück? Vielleicht führt er doch eher zu einer befahrbareren Straße?"
Gerald blieb die Antwort schuldig. Zum einen wusste er es nicht und zum anderen war er gerade in ein besonders tiefes Schlagloch geraten und steckte fest. Er stieg laut fluchend aus und als das hohe Getreide seine nackten Arme streichelte, schlug er unwillig die Halme zur Seite. Rosalie kletterte seufzend auf den Fahrersitz und wartete auf Geralds Kommando. Sie gab vorsichtig und wenig Gas während Gerald mit aller Kraft schob. Es tat sich nichts. Rosalie rief: „Moment!" und langte hinüber zum Handschuhfach. Hier fand sie, wohlgeordnet, saubere Papiertaschentücher, einen Notizblock samt Kugelschreiber und ...
„Dein Handy?"
„Zu Hause im Aktenkoffer", kam die selbstverständliche Antwort.
Rosalie knallte das Fach zu. Damit war die Chance, Hilfe vom Hotel zu erbitten, vertan.
„Ich muss wohl die Bewohner wachklingeln", mit einer Kopfbewegung deutete Gerald auf ein unbeleuchtetes Haus – das einzige weit und breit, „wie peinlich."
Rosalie verkniff sich eine nickelige Bemerkung und machte Anstalten, den Wagen zu verlassen. Gerald hinderte sie daran: „Bleib am besten hier, sonst ruinierst du noch deine schönen Schuhe." Er beugte sich durchs Wagenfenster und strich ihr beruhigend übers Haar. Rosalie schluckte, antwortete aber tapfer: „Dank Vollmond kann ich dich ja gut sehen."

Sie hievte sich zurück auf den Beifahrersitz. Zum Glück wuchs auf dieser Seite etwas Niedriges und sie beobachtete, wie ihr Mann querfeldein und zügig das etwas erhöht liegende Haus erreichte. Kaum hatte er geklopft, wurde es innen hell und die Tür schwang auf.

‚Komisch', wunderte sich Rosalie, ‚fast als hätte man ihn erwartet.'

Jedenfalls bat man Gerald hinein und sie heftete ihre Augen auf die nun wieder geschlossene Haustür.

Laue Sommerluft, Vollmond, starren auf die Tür – das lullte Rosalie langsam ein. Als ein Nachtvogel schrie, fuhr sie hoch. Wie lange wartete sie schon? Es gab doch auf dem Land sicher auch einen Abschleppdienst, der des Nachts herauskam? Oder wenigstens ein Taxi, das sie zum Hotel brachte und dann würde man morgen und vor allem im Hellen weitersehen. Vielleicht war Gerald ja auch einer geschwätzigen Person in die Hände gefallen und aus lauter Höflichkeit ging er nicht sofort? Doch da - die Tür wurde aufgerissen und eindeutig erkennbar kam Gerald herausgestürzt! Die Tür schwang noch ein wenig in den Angeln und blieb dann weit offen stehen. Rosalie starrte Gerald fassungslos entgegen. Er stolperte durch die Kuhlen, verhedderte sich in dem Zeug, das hier wuchs und stürzte beinah. Rosalies Herz klopfte wie wahnsinnig und sie wusste nicht, ob sie ihm entgegeneilen sollte oder einfach ausharren. Aber schon erreichte Gerald den Wagen, rannte zur Fahrerseite, riss die Tür auf, fiel leichenblass auf den Sitz und verriegelte sofort alles. „Fenster hoch!", ächzte er und kurbelte wie wild.

Endlich sah er sie an. Er atmete heftig und stieß mühselig hervor: „Sechs – vier Frauen, zwei Männer. Alle ...", er suchte nach dem richtigen Wort, „festlich gekleidet. Die älteste Dame stellte die anderen als ihre Töchter und Schwiegersöhne vor." Gerald schluckte. „Ich sollte ihr Medium sein."
Rosalie, der eigentlich nicht zum Lachen war, platzte dennoch heraus: „Du armer realistischer Mensch bei einer Séance!"
Gerald schaute sie ungewohnt ernst an. Sein Atem ging jetzt ruhiger. „Sie führten mich in einen kerzenbeleuchteten Raum und ich dachte, jetzt müssen wir uns alle um den großen Tisch setzen und händchenhalten", er holte tief Luft, „aber der Tisch war besetzt – dort war jemand aufgebahrt."
Rosalie schlug sich entsetzt die Hand vor den Mund, dennoch entwich ihr ein kleiner spitzer Schrei.
„Eine der Töchter trat neben die Leiche und sagte: ‚Dies ist mein armer Theodor. Er ist vor drei Jahren von uns gegangen.' Dabei durchbohrte mich ihr Blick und die anderen lächelten verschwörerisch."
„Sie verstecken seit drei Jahren eine Leiche?" Mit vor Abscheu schriller Stimme unterbrach Rosalie ihn.
„Das glaube ich nicht", Gerald schüttelte fassungslos den Kopf, „es hört sich zwar makaber an, aber die Leiche sah ...", einen Moment zögerte er, „ziemlich frisch aus."
„Du meinst ...?", Rosalies Stimme zitterte und sie brachte es nicht fertig, weiterzusprechen.
„Sie stecken alle unter einer Decke und haben anscheinend ihren Grund, ihn zu Hause *aufzubewahren*", der Schock war ihm deutlich anzumerken, „ich wollte nur noch weg." Gerald blickte in das bange Ge-

sicht seiner Frau. „In etwa zwei Stunden wird es hell. Wir können entweder hier warten oder versuchen, die nächste Ortschaft zu Fuß zu erreichen."
Seine Worte hingen fragend in der Luft. Rosalie starrte durch die Windschutzscheibe und wog ab, was ihr weniger gefährlich erschien: durch unbekannte Feldwege irren oder im verriegelten Wagen bleiben und das Haus beobachten.
„Lass uns im Auto bleiben, ja?"
Gerald nickte und sie rückten so eng zusammen wie es nur ging.

Trotz aller Beklemmungen waren die beiden eingeschlafen. Lautes Brummen schreckte sie auf. Verwirrt schauten sie erst nach draußen und sahen sich dann ungläubig an, denn ein orangefarbener Abschleppwagen fuhr rückwärts an ihr Fahrzeug heran. Bremsen quietschten, eine Tür klappte und lange Beine in einem grünen Arbeitsoverall kamen auf ihren Wagen zu. Das Getreide bewegte sich sanft im lauen Wind und die vergangene Nacht schien nicht mehr als ein schlechter Traum gewesen zu sein. Geralds Hand lag schon auf dem Türgriff; er wollte erfreut ihrem Helfer entgegengehen. Doch dieser hatte mit seinen langen Schritten bereits ihr Auto erreicht und beugte sich zum Fenster hinunter. Geralds Lächeln erstarrte – er blickte in das unverschämt grinsende Gesicht der Leiche Theodor.

# Oh, Lily!

Wegen des immer noch kühlen und regnerischen Wetters, trugen Leander und sein Bruder Laurin bei ihren Tätigkeiten vor dem Haus entsprechende Kleidung. Obwohl der Kalender schon vor einer Woche den Frühlingsanfang verkündet hatte, nahm die Natur dies nicht zur Kenntnis. Laurin stapfte, mit einer Schaufel bewaffnet, grummelnd zu dem Beet links von der Einfahrt. Hier gab es jede Menge umzugraben und er testete die Beschaffenheit des aufgeweichten Bodens, indem er mit seinen in Gummistiefeln steckenden Füßen ein wenig auf dem Rand herumtrampelte. Er nickte Leander, der ihn beobachtet hatte, zu und stieß die Schaufel in die Erde. Leander, der die Entscheidung seines Bruders guthieß, wandte sich um und schaute die Einfahrt hinunter. Er war mit Hilfe seines fahrbaren Untersatzes eigentlich auf dem Weg zur anderen Seite des Grundstücks, hielt aber mit einem breiten Grinsen inne und sagte zu seinem Bruder, ohne jedoch den Blick von der Straße zu wenden: „Da kommt Lily!"
Laurin hob nur ganz kurz den Kopf, aber nicht um Lily entgegenzusehen, sondern um seinen Bruder verständnislos anzugucken. Leander starrte wie gebannt in Lilys Richtung und um seinen Mund lag ein verträumtes Lächeln. Laurin schnaufte verächtlich und grub weiter.
Lilian war gemessenen Schrittes auf der anderen Straßenseite entlangspaziert. Jetzt, da sie Leander gewahrte, überquerte sie die um diese Stunde ruhige Straße und lief etwas undamenhaft schnell zu der

Einfahrt. Das aus Jägerzaunelementen bestehende Doppeltor war geschlossen. Stumm verharrte Lilian auf ihrer Bürgersteigseite. Stumm stand Leander auf seiner Hofseite. Nicht eine Sekunde ließen sie sich aus den Augen. Laurin ließ einen Moment von seinen Erdarbeiten ab, betrachtete die ineinander Versunkenen und machte dann, unverständliches Zeug in sich hineinbrummelnd, weiter. Lilian und Leander bemerkten nichts davon. Leander verweilte noch immer wie angewachsen; aus seinen Augen leuchtete unübersehbare Zärtlichkeit. Er legte den Kopf ein wenig schräg und seine ganzen Empfindungen schwangen in den nächsten Worten mit: „Lily, ich hab dich lieb!"
Lilian ging daraufhin noch näher zu der Einfahrt. Da sie zwar zwischen den Holzgittern hindurchsehen konnte aber nicht darüber, erklomm sie das unterste Feld indem sie sich an den oberen Pfosten hochzog. Wortlos sah sie Leander an und auf ihrem Gesicht spiegelte sich unverhohlene Zuneigung.
Laurin war die ganze Sache mittlerweile dumm ab. Er schmiss seine Schaufel ins unfertige Beet und stapfte laut schimpfend an den beiden vorbei. Es gelang ihm noch nicht, richtige Wörter zu bilden, doch sein Unmut war deutlich wahrzunehmen. Leander schenkte seinem zwei Jahre jüngeren Bruder noch immer keine Beachtung, sondern er verharrte, nach wie vor Lilian anstarrend, bewegungslos auf seinem Dreirad.

# Versehrte Schönheit

Alsbald preschte das Taxi in die quirlige Stadt hinein und drosselte sofort das Tempo, denn selbst am frühen Vormittag bildeten sich Rückstaus an den Ampeln und das Hupen der Ungeduldigen empfing uns. Doch die verminderte Schnelligkeit war uns recht. Wir verbogen die Hälse, um rechts, links und vorne aus den Fenstern zu schauen. Dabei entwichen ungewollt ‚Ohs' und ‚Ahs' unseren erstaunt geöffneten Mündern. Soviel Prächtiges hatten wir nicht erwartet.

Am Hotel angelangt empfing uns ein Page und wir fanden keine Zeit, den Lärm, der uns stumm machte, zu verdauen. Hinein in die imposante Halle. Man gab uns keine Zeit, den Marmor und das auf Hochglanz polierte Messing zu bestaunen, sondern nötigte uns gleich zur Rezeption, händigte uns die Zimmerschlüssel aus und geleitete uns zum Aufzug – diese Stadt ist nicht nur laut, sondern auch rasend schnell. Im Zimmer erblickten wir dunkle stilvolle Möbel und ein „Herzliches Willkommen" auf dem Bildschirm des Fernsehers. Wir wollten das Tageslicht hereinlassen und öffneten die zugezogenen schweren Vorhänge. Düsternis. Wir sahen in einen Innenhof, der rundum von grauen Hausfassaden umsäumt wurde und über uns stapelten sich weitere fünf Stockwerke. Mit entsprechenden Verrenkungen aus dem Fenster, gewahrten wir ein kleines Rechteck Himmel hoch über uns. Diese Aussicht war keine Wohltat für unsere Augen, doch wir lernten den

Vorteil der Ruhe bereits in der nächsten Nacht zu schätzen.

Kaum war der Inhalt der Koffer untergebracht, trafen wir uns, mit Stadtplänen und Reiseführer gut vorbereitet, im Foyer. Draußen lernten wir umgehend die lebensnotwendige Beachtung der Zebrastreifen und beampelten Übergänge. Für die, die nicht in der Lage sind, die Ampelmännchen zu schauen, zwitscherte ein exotischer Vogel ein durchdringendes ‚tschiep-tschiep-tschiep' und sobald sich die Grünphase dem Ende zuneigte, sang er etwas ruhiger ‚tschiep-tschiep, tschiep-tschiep'. Auf diesem prächtigen Einkaufsboulevard blieben wir, mitten in einer Vielzahl von Menschen, ständig stehen, legten unsere Köpfe in die Nacken, um an zehn, zwölf Stockwerken hohen Häusern hinaufzustarren. Entstanden zu Beginn des 20. Jahrhunderts bot sich unseren Augen ein Baustil vom Allerfeinsten. Verzierungen, Erker, Türme, Kuppeln und ganz oben auf oft noch monumentale Figuren. Doch bei der Landung zeigte uns diese Metropole bereits ihr modernes Gesicht – vier Wolkenkratzer, Türmen gleich, ragen hoch über die hügelige Stadt. In ihrer Anordnung muten sie wie ein Stonehenge der Jetztzeit an.

Diese Stadt hatte Glück. Nie von einer Bombe getroffen, da den Staatsoberhäuptern die Gratwanderung der Neutralität gelang, blieb all die Pracht vergangener Jahrhunderte erhalten. Besser gesagt, konnte wieder hergestellt werden, denn unter dem Jahrzehnte währenden diktatorischen Regime verfiel so manches. Doch die Zeiten änderten sich und die Stadt bekam ihre Chance. Sie kleidete sich neu in die alten Gewänder und becirct die Menschen aus allen

Teilen der Welt. Und auch uns nahm sie gefangen – wir liefen, hetzten fast -, wollten alles auf einmal sehen. Rissen irgendwann unsere Augen los, von den himmelstürmenden Gebilden und blickten betreten zu denen, die rechts und links die Straße säumten oder mitten auf Plätzen versuchten, die Aufmerksamkeit auf sich zu lenken. Altlasten. Hier hilft kein Mörtel, keine Farbe. Menschen, in den viel zu kühlen Schatten, vergessen und ohne Fürsorge. Verkrüppelt und entstellt. Aber es sind nicht nur die Einheimischen; solche Städte ziehen die Bedauernswertesten aus allen Ländern an, in der Hoffnung, ein wenig von den Menschenmassen zu profitieren. Wir verließen das Hotel nicht mehr ohne Münzen in den Taschen. Doch es reichte nicht – wir konnten nicht jeden Tag allen etwas geben; es sind zu viele.

Wir stürmten weiter durch die Stadt. Nicht auszudenken, dass uns etwas entgeht, wir etwas übersehen haben! Hat Rom wirklich solch schöne Brunnen oder gibt es hier mehr? Mit ihren Wasserfontänen, die wahre Lebensfreude wiederspiegeln. Dann die Museen, die mit ständigen und wechselnden Ausstellungen von sich Reden machen, all die Plätze, auf die man immer wieder stößt, mal groß, mal klein, doch immer lärmend und all die Parks, die, da der Verkehrslärm gedämpft herüberrauscht, Oasen der Ruhe bilden. An vielen Stellen fanden wir bronzene Tafeln, auf denen Grundrisse der Gebäude zu fühlen sind und die Anordnung unterschiedlicher Punkte lässt jene, die nur auf diese Art „schauen" können, teilhaben. Doch ist dies ein Trost für diese Menschen? Wie fühlt man sich, wenn man niemals wirklich sieht? Vermitteln diese Tafeln Frust oder ein

Zugehörigkeitsgefühl? Erneut stachelte uns die Erkenntnis, privilegiert zu sein, an, noch mehr sehen zu wollen ... Es ist fast zuviel des Schauens und nachts, wenn wir endlich unsere erschöpften Gliedmaßen ausstreckten und uns zum Schlafen niederlegten (bei dem pulsierenden Leben, das bis zum Frühstück um uns herumtobte, konnten wir nicht mithalten), tauchten vor unseren geschlossenen Augen immer noch diese wunderbaren Dinge auf. Doch nicht nur. Letztendlich blieb uns keine andere Wahl – wir verhärteten unser Innerstes, denn sonst hätten wir, wie die Frau, die uns entgegenkam und mit ihrem weißen Stock über den Boden tastend mühselig ihren Weg suchte, die Schönheit nicht gesehen.

# Welch ein Dilemma

Verärgert über seine zitternden Hände, öffnete Rudolf die Haustür. Es war angenehm kühl im Flur und das fehlende „Nicht-in-Betrieb"-Schild am Aufzug ersparte ihm den mühseligen Treppenaufstieg in seine Wohnung und war zumindest ein kleiner Lichtblick. Während er ungeduldig darauf wartete, in den siebten Stock zu gelangen, trommelten die Finger seiner linken Hand nervös gegen den Eisenrahmen der Lifttüre. Mit lautem „Ping!" und entsprechendem Rattern erreichte die Kabine endlich das Erdgeschoss und kurz darauf entließ ihn der altersschwache Aufzug tatsächlich auf der richtigen Etage. Rudolf hastete den Gang entlang, war schon drei Meter weiter, als er merkte, dass ihm sein Schlüsselbund aus der Hand gerutscht war und hastete ärgerlich zurück. Er fand ihn vor dem Aufzug.

Seine Wohnung empfing ihn sonnendurchflutet und aufgeheizt, so dass er die in einem Blumenmuster gehaltenen Vorhänge rasch zuzog. Am liebsten hätte er sie gleich heruntergerissen, doch ihm war klar, dass er nur wütend auf sich selbst war. Von den Gardinen würde er sich beizeiten trennen.

Nachdem er ein großes Glas mit Wasser gefüllt hatte, lief er zwischen Schrank und Sofa, Sofa und Schrank hin und her. Durch seine hektische Schrittfolge schwappte das Wasser über den Glasrand. Rudolf fluchte, schüttelte seine feuchte Hand aus und stellte das Glas ab. Was sollte er nur machen? Zurückfahren und nachsehen, ob tatsächlich nichts passiert war? Davon war er eigentlich überzeugt und er würde niemanden mehr antreffen. Oder sich bei der Polizei melden? Vielleicht wusste man dort etwas. Er verspürte das dringende Bedürfnis, mit jemandem darüber zu sprechen und war ausnahmsweise erfreut, als das Telefon läutete. Am anderen Ende meldete sich seine ehemalige Frau und ganz kurz tauchte die Vision einer verständnisvollen Partnerin auf.

„Gerda, schön von dir zu hören. Weißt du, mir ist vorhin etwas Dummes passiert. Als ich durch die ..."

„Tatsächlich?", ihre schneidende Stimme unterbrach ihn ohne Pardon, „das ist ja nichts Neues." Rudolf schwieg und ließ noch einen Moment ihre Vorwürfe und Forderungen über sich ergehen, bevor er ohne Kommentar auflegte und den Anrufbeantworter einschaltete. Er hätte es wissen müssen.

Ihm war heiß und er riss an seinem Hemdkragen, was den obersten Knopf kostete. So ging das nicht weiter. Entschlossen stapfte er in die Diele, suchte nach seinem Schlüsselbund – den er dann neben der Spüle in der Küche fand – und öffnete abrupt die Wohnungstür. Beinah wäre er in zwei Polizisten hineingerannt, von denen einer gerade den Arm ausstreckte, um zu klingeln.

„Zu Ihnen, besser gesagt zur Polizeiwache, wollte ich gerade", begrüßte Rudolf erleichtert die verblüfften Männer.

„Herr Meinig?" Der ältere der beiden holte einen Notizblock hervor. „Ihr PKW hat das Kennzeichen ..."

Er stellte noch zwei, drei weitere Fragen, die Rudolf alle wahrheitsgemäß beantwortete. Dann baten sie ihn, nicht allzu freundlich, mitzukommen.
Wie in Trance fuhr er mit den Beamten hinunter, stieg wortlos in den Polizeiwagen und merkte kaum etwas von der Fahrt. Ihm war außerordentlich mulmig zumute, da sich die bange Frage an ihn heranschlich, ob doch etwas Schlimmes passiert war. Am Ziel angekommen, grübelte Rudolf noch immer und ging, ohne einen Blick an seine Umwelt zu verschwenden, schnell in den angewiesenen Raum.

Die kleine Melanie, an der er vorbeigegangen war, sah ihm nur kurz nach und hüpfte dann wieder, abwechselnd summend und laut zählend, von einem Fliesenquadrat ins nächste. Ihr blonder Pferdeschwanz wippte dabei fröhlich. Jetzt hielt sie ihre kleine Hand ausgestreckt in die Höhe und sagte triumphierend: „Fünf!"
Außer Atem unterbrach sie ihr Spiel und schickte einen schrägen Blick zu dem mürrischen Herrn mit dem Spazierstock. Da Melanie fand, er würdige ihre Leistung nicht ausreichend, baute sie sich vor ihm auf: „Ich kann schon zählen, obwohl ich erst nächstes Jahr in die Schule komme."
„Ja, Kind, ja. Du hast noch das ganze Leben vor dir." Der Alte hielt den Gehstock zwischen seinen Beinen und beide Hände lagen auf dem Knauf. Unvermittelt hob er den Stock an, um damit fest auf den Boden zu stoßen: „Umso schlimmer, dass Verbrecher wie dieser Autofahrer frei herumlaufen!"
Melanie lief erschreckt zu ihrer Mutter, die auf der gegenüberliegenden Seite des Flurs saß. Rosemarie

hob ihre Tochter auf den Schoß und schlang liebevoll einen Arm um sie. Aus sicherer Distanz betrachtete die Kleine argwöhnisch den alten Mann.

„Mami", sie kam ganz nah und flüsterte, „auf wen ist der Herr böse?"

Doch bevor Rosemarie antworten konnte, füllten sich Melanies Augen mit Tränen und sie gab selbst die Erklärung: „Oh, Mami, er meint mich", heftige Schluchzer schüttelten sie, „er hat gesehen, dass ich einfach ohne zu gucken auf die Straße gelaufen bin", sie schniefte in das Taschentuch, das ihre Mutter sanft an ihre Nase geführt hatte, „jetzt komme ich ins Gefängnis." Sie bekräftigte ihre Aussage durch einen weiteren ordentlichen Schniefer.

Während Rosemaries vergeblicher Tröstungsversuche kam eine adrette Polizistin aus einer der zahlreichen Türen auf sie zu.

„Sie sind Frau Hiller?" Rosemarie bejahte. „Gehen Sie bitte in das Zimmer 309. Ich bleibe bei Ihrer Tochter", und zu Melanie gewandt, „wenn du dir die Tränen abwischst, gehen wir auf die schöne Blumenwiese hinter dem Haus."

Sofort versiegte der Tränenstrom und Rosemarie sah erleichtert, wie ihre Tochter, bereits wieder frohen Mutes, an der Hand der Beamtin hinausging. Beruhigt schritt sie den Flur hinunter, gefolgt von einem ausgiebigen und anerkennenden Blick des sonst so grantigen alten Herrn.

Mit gemischten Gefühlen betrat Rosemarie das Büro. Sie nahm den Mann, der fast in Raummitte auf einem altmodischen Holzstuhl saß, unweigerlich wahr. Aufmerksam betrachtete sie den gesenkten Kopf, den er leicht zur Seite geneigt hielt, seine rechte Hand, die schlaff zwischen seinen Oberschenkeln baumelte während sein linker Arm kraftlos herunterhing. ‚Er fühlt sich schuldig', dachte Rosemarie, ‚das muss er nicht.' Tief einatmend ging sie auf den Arzt zu, der neben dem Stuhl stand und von amtlich aussehenden Papieren unverständliche Ergebnisse vorgelesen hatte, als sie den Raum betrat.

Er verstummte, wohl einsehend, dass niemanden die komplizierten Laborwerte interessierten, nickte einen Gruß in Rosemaries Richtung und legte dem Sitzenden versöhnlich eine Hand auf die Schulter: „Kein Alkohol, keine Drogen – Sie haben sich nichts zu Schulden kommen lassen, außer, dass Sie diese nette junge Dame", dabei sah er Rosemarie unverhohlen neugierig an, „und ihre kleine Tochter mit einem großen Schreck allein gelassen haben." Er hob ratlos die Schultern und erklärte dem Polizisten, der mit hinter dem Rücken verschränkten Händen an der kahlen Wand stand, er sei wieder im Labor.

Kaum war der Doktor in üblicher Hektik verschwunden, begannen Rosemarie und Rudolf gleichzeitig zu reden – und lachten darüber. Rudolfs Optimismus kehrte schlagartig zurück, als er die angenehme Stimme der attraktiven Mitdreißigerin hörte; er erhob sich schnell von dem unbequemen Sitzmöbel und streckte seine Hand aus: „Rudolf Meinig", seine warmen braunen Augen suchten ihren Blick und hielten ihn fest, „wie geht es der Kleinen?" Fast gehetzt setzte er nach: „Dass Sie überhaupt bereit sind, mich anzuhören!"

„Es ist doch gar nicht Ihre Schuld", auf Rosemaries glatter Stirn bildeten sich Kummerfalten, „ich habe ins Schaufenster gesehen und nicht aufgepasst", ein Lächeln verdrängte die Falten, „Melanie geht es gut." Impulsiv griff Rudolf nach Rosemaries schlanken Händen und hielt sie, da er es sehr angenehm fand, einen ungehörig langen Moment fest: „Wird sie wohl mit mir sprechen?" Rosemarie entzog ihm die Hände nicht. „Oh, ja. Sie hat selbst ein schlechtes Gewissen, weil sie auf die Straße gelaufen ist."

„Somit haben wir also drei Übeltäter." Sie hatten die aufstehende Verbindungstür zum nebenliegenden Raum nicht bemerkt und blickten überrascht auf den Beamten, der schmunzelnd zu ihnen trat. „Ihrer Tochter ist also nichts passiert?"

Rosemarie löste leicht verschämt ihre Hände aus denen von Rudolf. „Nein, sie wurde von dem Fahrzeug nicht einmal gestreift, sondern erschrak ganz einfach, als sie zwischen den parkenden Wagen hervorkam und ein Auto so nah an ihr vorbeifuhr. Natürlich weinte sie und der ältere Spaziergänger war so erbost, dass er Melanie und mich gleich zur Polizei lotste. Da er sich auch das Kennzeichen gemerkt hatte, sind wir nun alle hier." Bei den letzten Worten schaute sie Rudolf entschuldigend an.

„Es war nicht richtig, dass ich weitergefahren bin", missbilligend schüttelte Rudolf den Kopf, „zumal ich nicht sicher war, dass es so glimpflich ausgegangen ist." Wieder griff er nach Rosemaries Händen. „Ich bin froh, dass ich Sie und Ihre Tochter hier treffe."

Der Beamte, der auf die Frage verzichtete, ob Rosemarie eine Anzeige wegen Fahrerflucht erstatten wolle, hüstelte. „Für uns gibt es dann nichts weiter zu tun", er bedachte die beiden mit einem verständnisvollen Lächeln, „alles Gute und einen schönen

Tag!" Über Rosemaries Wangen zog eine leichte Röte.

Zurück auf dem langen Korridor, kam Melanie trällernd mit der jungen Polizistin von draußen. Mit beiden Händen umklammerte sie einen unordentlichen Strauß bunter Wiesenblumen. Als sie die beiden Erwachsenen sah, rannte sie los: „Mami!"

Rosemarie, die Rudolfs Zögern bemerkte, stupste ermutigend gegen seinen Ellbogen. Und als Melanie sich aus der Umarmung ihrer Mutter gelöst hatte, hockte sich der große Mann vor das Mädchen: „Ich bin der böse Autofahrer, der dich so erschreckt hat. Ich bitte dich um Entschuldigung."

„Ach", sie winkte lässig ab, „es ist doch gar nichts passiert. Siehst Du!" Melanie drehte sich zum Beweis einmal um sich selbst. „Hilde, meine neue Freundin", ein stolzer Blick auf ihre Begleiterin, „sagt, dass ich auch nicht eingesperrt werde." Rudolf strich der erleichterten Melanie ernst übers Haar. „Hier," sie streckte ihm die Blumen entgegen, von denen sich einige verselbständigten und auf den Boden fielen, „damit du wieder lustig bist."

Im Sturm eroberte Melanie ihn und als er sich erhob, war ihm klar, dass er weder das kleine noch das große Mädchen gehen lassen wollte. „Darf ich Euch Sonntag zu einem Ausflug abholen?" Das Bangen dauerte nur wenige Sekunden, denn schon sprudelte Melanie hervor: „Prima! Bitte, Mami, ja?"

Ein rhythmisches „tack, tack, tack" unterbrach die Idylle und der alte Herr, laut mit seinem Stock auf den Boden hämmernd, stolzierte an ihnen vorbei. „Mich braucht man ja wohl nicht mehr." Er klang mehr als beleidigt. Bevor er den Ausgang erreichte,

war Rudolf bei ihm: „Danke!" Verwundert blickte der Alte ihn an und verließ kopfschüttelnd die Wache.
Rudolf und Rosemarie, mit der begeistert hüpfenden Melanie zwischen sich, gingen zur Bushaltestelle. Sie fuhren in verschiedenen Richtungen davon – doch übermorgen war Sonntag.

# Fernsprecher

Eigentlich wunderte es Evelyn nicht: die erste Telefonzelle betrieb Arbeitsverweigerung, die zweite gebärdete sich altmodisch und nahm nur Münzen, folglich *musste* die dritte besetzt sein. Also stellte sie sich mit verschränkten Armen so vor das Häuschen, dass der „Besetzer" sie gut sah. Sie erntete auch sofort ein Zahnpasta-Lächeln aus gebräuntem Gesicht. ‚Urlaubsbräune oder Sonnenbank?', schoss es Evelyn durch den Kopf. Darauf erhielt sie prompt eine Antwort, denn Herr Strahlemann gehörte zu den Leuten, die den Telefonhörer für ein Megaphon halten.

„... die Sache mit dem Hai, Alfons? Ich habe dir doch alles ausführlich geschrieben!" Empört entließ er lautstark die Luft aus seinen Lungen, doch sein sonniges Gemüt gewann wieder die Oberhand: „Na, der kommt dann noch, im Süden gehen die Uhren ja bekanntlich langsamer, ha, ha, ha!" - „... nein, er hat Loni attackiert! – Du weißt ja, welch hervorragende Schwimmerin sie ist ... ja, das hat ihr wahrscheinlich das Leben gerettet. ... natürlich gibt es in dem Gebiet Haie, die Adria ist doch fast ausschließlich von Felsküste umgeben und insofern ist das Wasser schnell tief. - ... gleich zu Anfang unseres Urlaubs passiert. Ha, und dann, kaum hatten wir uns ein wenig von dem Schock erholt, erwischte uns eine Magen-Darm-Geschichte ..."

Evelyn hatte begonnen, auf den Fußsohlen vor und zurück zu wippen, da sie die ausführliche Schilderung der schlechten Küche im allgemeinen und das

zu ölige Essen im besonderen, langweilte. Über das Hai-Abenteuer hätte sie gerne mehr erfahren und sie widerstand nur ungern dem Impuls, die Tür der Telefonzelle aufzuziehen und sich nach weiteren Einzelheiten zu erkundigen. Es interessierte sie brennend, ob man das arme Tier gefangen und getötet hatte oder ob es in die Freiheit entkommen war. Gejagte Kreaturen stießen immer auf ihr Mitgefühl, und außerdem wusste sie, dass gerade Haie keineswegs von Natur aus bösartig sind. Andererseits konnte sie den Schock nachempfinden, den die ihr unbekannte Loni erlitten hatte. Man stelle sich nur vor, diese Begegnung wäre einem selbst widerfahren. Bei dem Gedanken schauderte Evelyn, vor allem da ihre eigenen Schwimmkünste einiges zu wünschen übrig ließen. Wie nah war der Hai wohl herangekommen?
Sie wurde aus ihren Gedanken aufgeschreckt, da Sonnyboy in ihre Richtung gestikulierte, zwei Finger hoch hielt und ein bittendes Gesicht machte. Evelyn nickte, allerdings nicht zu freundlich, denn er sollte sich gefälligst an diese genehmigten zwei Minuten halten.
Schon war er beim nächsten Thema: „Och, die Fahrerei macht mir nicht soviel. Der Gedanke, dass mich am Ziel schönes Wetter erwartet, entschädigt mich. - ... doch wirklich, Alfons, die ganze Atmosphäre im Süden, die lauen Nächte (ein Erinnerungsseufzer unterstrich die Ausführungen), da kann man über die hohen Preise, kombiniert mit schlechtem Service, schon mal hinwegsehen. – Jetzt muss ich dir aber noch schnell von unserer romantischen Bootsfahrt bei Vollmond berichten ..."

Evelyn, die einen Schmetterling beobachtete, der sich ganz sanft auf einer Blüte niederließ, flüsterte in dessen Richtung: „Was hast du letzten Vollmond gemacht? Geschlafen? Ich wohl auch."
„Muss langsam Schluss machen ...", drang es an Evelyns Ohr. Aber nicht doch, sie sah demonstrativ auf ihre Uhr, es waren doch erst zehn Minuten vergangen. „Eine nette junge Dame (Zahnpastareklame nur für sie) wartet vor der Zelle. – Wieso Zelle? Ja, das kannst du natürlich nicht wissen. Stell dir vor", jetzt redete er sich in Rage, „die Post hat während meiner Abwesenheit den Anschluss gesperrt! So eine Unverschämtheit! ‚Versehentlich', sagte man mir. Wenn ich jetzt nach Hause komme, wird es wohl wieder in Ordnung sein." Er lauschte tatsächlich einen kurzen Moment, was Alfons zu sagen hatte. „Alles klar, bis Mittwoch, vielleicht sind dann schon die ersten Urlaubsbilder entwickelt. - ... nein, den Hai haben wir nicht fotografiert. Darüber könnte Loni wohl auch nicht lachen. Also, bis dann und Gruß an Else."
Endlich hängte er ein und Evelyn traute ihren Ohren nicht, als restliche Münzen scheppernd in die Auffangschale fielen. Strahlend hielt ihr Herr Unbekannt die Tür auf. Als sie die Schultern zuckte und sich resigniert abwandte um nach einem Kartentelefon zu fahnden, hörte sie wie er sagte: „Na, das gibt's doch nicht. Da muss ich gleich noch mal Alfons anrufen!"

Dagmar Schenda
**Der vermeintliche Verlust**
Roman

Nichts hatte Karl an jenem strahlend schönen Tag vor mehr als 250 Jahren gewarnt oder darauf hingewiesen, dass er schon am nächsten Morgen das Sonnenlicht würde meiden müssen.
Nach dieser schicksalhaften Veränderung folgen Jahre des Selbstmitleids, freudloser Nächte und schlafloser Tage. Als es Karl endlich gelingt sich aus seiner Lethargie zu befreien, beherrscht ihn nach wie vor die Frage, wer ihm dieses unwürdige Dasein aufgebürdet hat. Doch erst jetzt, in einer lauen Sommernacht kurz nach dem Jahrtausendwechsel, offenbart ihm sein Weggefährte Matthias die Wahrheit. Karls Entsetzen und gleichzeitige Enttäuschung führen zu einer schlagartigen Veränderung seines friedvollen Wesens – nie gekannter Zorn und Rachegefühle ergreifen von ihm Besitz; dass ihm gerade zu diesem Zeitpunkt die arrogante, aber dennoch begehrenswerte Belinda begegnet, komplettiert sein Gefühlschaos. Geht Karls Verzweiflung und sein Wunsch nach Vergeltung so weit, dass er für die grausamen Morde, die die Bürger der sonst so beschaulichen Stadt erschüttern, verantwortlich ist? Denn nur ein Blutsauger tötet auf diese Weise ...

Erschienen 2008
Verlag: Books on Demand GmbH, Norderstedt
ISBN: 978-3-8334-8922-8

Dagmar Schenda wurde 1952 in Mülheim an der Ruhr geboren, wuchs dort auf und lebt mit ihrem Ehemann nach wie vor in dieser Stadt. Nach ihrer kaufmännischen Ausbildung übte sie ihren Beruf bei ortsansässigen Industrieunternehmen aus. Ihre Vorliebe für Bücher sowie ein zweijähriges Fernstudium im Fach Belletristik führten dazu, dass sie heute als freie Autorin tätig ist. Neben der Arbeit an ihren Romanen entstehen humoristische, nachdenkliche und auch skurrile Kurzgeschichten, die in unterschiedlichen Zeitabständen veröffentlicht werden.

Zur Zeit schreibt sie an ihrem zweiten Roman, der die Ereignisse aus dem bereits erschienenen Band „Der vermeintliche Verlust" fortführt.